なきむしこぞう

今村《いまむら》葦子《あしこ》・さく　酒井《さかい》駒子《こまこ》・え

理論社

なきむしこぞう

しずかな、なつの、ゆうがたでした。
ちいさな、いえのげんかんの、きいろいドアが、そーっとひらいて、ドアのしたのところで、なにかが、こっそりと、そとをのぞいていました。

いえのなかから、でてきたのは、ぬいぐるみの、ぞうと、きりんと、らいおんでした。
らいおんは、そっと、みぎがわをみて、ぞうは、そっと、ひだりがわをみました。きりんは、ながいくびをのばして、

おそるおそる、じーっと、まえのほうをみました。
それから、らいおんと、きりんと、ぞうは、にわのすみの、ゼラニュームのはちのそばに、あつまって、ほーっと、ためいきをつきました。

「とうとう、やったぞ！　おれたち、とうとう、いえでしたんだ！　イエーイッ！」

らいおんがいうと、ぞうが、

「ぼ………ぼくたち、これから、どうするの？　こころぼそいよ」

なきだしそうな、こえを、だしました。

「なきむしこぞうさん、なかないで。いえでしようって、いいだしたのは、あなたでしょ？」

きりんが、じぶんでも、なきだしそうになって、いいました。

「だって、あのこ、ぼくのみみで、はなをかむんだもの。そ、それだけじゃ、ないんだよ。よだれだらけの、くちも、ぼくのみみで、ふくんだ。……ひ、ひどいよ！」

なきむしこぞうは、そういって、もっともっと、なきました。

「……ふん！」

といったのは、らいおんでした。

「ふつうは、くちを、ふいてから、はなを、かむんじゃないかな。ぞうのみでにしろ、ティッシュでにしろ」

「……ひ、ひどい！」

ぞうがいうと、らいおんがつづけます。

「おなじ、はなをかむにしても、おれのばあい、あのこは、おれのはなを、かむんだ。がぶりと、きれいにはえそろった〈は〉で。よっぽど、はなをかむのが、すきなんだ。

だけど、らいおんにかみつくなんて、ひどすぎる。あんまりじゃないか！」

「あたしなんて……」

きりんが、いいました。

「いつも、ぎゅっと、くびをつかんで、ハンマーなげみたいに、なげられたのよ。もう、とても、がまんできない。だから、いえでに、さんせいしたのよ」

そのとき、いえのやねよりも、もっと、もっとたかい、そらのうえを、ひこうきぐもが、うなりながら、ぐんぐん、

ぐんぐん、のびてゆくのがみえました。

「あれ、なにかしら？」

「へんなものだな」

「……こわい！」

ぞうと、きりんと、らいおんは、こころぼそくなって、いちじくの、はっぱのしたに、かたまりました。

あのこは、いま、おふろに、はいっているのです。そのあいだに、ぬいぐるみたちは、こっそりと、いえでをしてきたのです。いえでをして、どうぶつえんに、かえるつもりなのです。

ずっと、むかし、このぬいぐるみたちは、どうぶつえんの、〈ばいてん〉にいたのです。

「とにかく、でんしゃに、のらなくちゃ。きみ、きっぷ、かえる？　えきのまどぐちまでいって、えきいんさんに、どうぶつえんまえまで、三まいって、ちゃんといえる？」

らいおんがきくと、ぞうが、ぶるっとふるえて、

「……ぼく、じしんない。もし、おとなか、こどもかって、えきいんさんに、きかれたら、どうするの？」

といって、また、なきだしました。

「それに、おれたち、にんげんにみつかっちゃ、いけないだろ？　あるいているところや、しゃべっているところを、もし、みつかったら、たいへんだぞ！」

「じゃ、タクシーでいく？」

といったのは、きりんです。

ぬいぐるみたちは、タクシーにだって、バスにだって、でんしゃにだって、ひこうきにだって、のったことがありました。あのこが、どこにだって、つれていってくれたからです。でも、きっぷなんて、まだ、かったことがありませんでした。

「……たとえ、おれたちが、ひゃくまんえんもっていたって、タクシーなんて、とまりゃしないとおもうな。ぜったいに、だめだ。むりだよ」

らいおんがいうと、ぞうが、

「じゃあ、ぼくたち、これから、どうする？　いえでをして、いきさきのない、かわいそうな、ぞうと、きりんと、らいおんになるの？」

といって、すすりなきました。

まちの、どこかとおくで、うなりごえをあげているのは、

タクシー

きゅうきゅうしゃです。すると、あちこちで、いぬたちが、かなしそうな、こえをあげます。

「な、なくなよ、なきむしこぞう……こっちまで、なきたくなるじゃないか」

うなだれて、らいおんがいいます。

おくびょうなきりんは、あたまを、ぞうの、おなかのしたにいれて、ふるふる、ふるえながら、

「あたしみたいに、くびがながいと、そのぶんだけ、こわいものが、たくさんみえるのよ。もう、いやになる」

といいました。すると、ぞうが、

「どうせ、ぼくなんか、くびがないから。あたまのつぎは、すぐに、からだなんだから」

といって、また、なきました。

「やあ、みんな！」

うしろから、こえがしたとき、ぬいぐるみたちは、ひとかたまりになったまま、おどろいて、三十センチも、とびあがりました。

「こんなところで、どうしたの？」

それは、このいえの、やねうらにすんでいる、さわぎやのねずみでした。

「ふふふっ！　おかしいったら、ありゃしないよ。ね、きいて、きいて！」

ねずみは、いいます。

「あの、しょうがない、いたずらんぼがね、それはもう、なくわ、なくわ！　おれのみみが、びりびりするくらい、ありったけの、こえをはりあげて、なきさけんでいるよ。それがね、ね、きいて、きいて！」

ねずみは、つづけます。

「えーん、えーん。ぼ、ぼくの、じょうさんが、いない。

ちりんさんが、いない。ぼくの、らりろんもいないって、こうなんだよ。まったく、あきれた、なきむしこぞうだよ。ふ、ふ、ふっ！」

それをきくと、じょうと、ちりんと、らりろんは、なぜだかきゅうに、むねが、きゅーっと、いたくなりました。

「あの、きかんぼがね、そればっかり、くりかえして、もう、いつまでだって、なきやまないんだ。てんじょううらにいたって、そこらじゅうが、ゆれるほどだよ。ぼく、あんまりうるさいんで、にげてきたんだ。すると、おや、

こんなところに、じょうさんと、ちりんさんと、らりろんが、しょんぼりと、ひとかたまりになって、たっているじゃない？　いったい、どうしたの？」

ぬいぐるみたちは、もう、ひとことも、くちをききませんでした。

あのこのところから、いえでをしてきたのに、こんなぐあいに、あのこのことをいわれると、なんだか、とても、はらがたつのです。でも、やねうらねずみは、つづけます。

「まいった、まいった。ほんとに、まいった。あのここそ、ほんものの、なきむしこぞうだよ。ただの、ちっこいあばれんぼだと、おもっていたのにな。なんの、なんの、はだかんぼの、なきむしこぞうだよ。ふろあがりなのに、ふくもきないで、ただ、もう、わーわー、なきさけんでる。じょうさんが、いない。ちりんさんが、いない。ぼくの、らりろんが、いないってさ」

ぬいぐるみたちは、ぶるっと、からだをふるわせました。あつい、なつだというのに、まるで、さむくてさむくて、たまらないみたいに、ぶるぶると、ふるえたのです。

「ちりんさん」

ねずみのほうは、ちっとも、みもせずに、らりろんがいいました。

「もし、あのまどのしたのベンチのうえに、じょうさんが、たっているとして、おれをふみだいにしたら、きみ、じょうさんのせなかに、のぼれる?」

「だいじょうぶだと、おもうけど、それで、どうするの?」

「いや、なに。……そうしたら、あのこの、へやのなかが、みえるんじゃないかと、ちょっとだけ、そうおもったんだ」

「それで、どうするの？」

「ど、どうってことも、ないさ。ただ、いえでするまえに、ひとめだけでも、もういちど、あのこのすがたを……ち、ちっ、らいおんともあろう、おれさまが！　こんなことじゃ、たてがみが、なくぜ！」

らいおんがいうと、ぞうが、

「らいおんじゃなくて、きみ、らりろんだろ？　それ、たてがみじゃなくて、らりろんの、フパゲッティじゃなかったの？」

といいました。
あのこは、けいとでできた、らいおんのたてがみを、〈らりろんのフパゲッティ〉とよんでいたのです。すると、おこった、らりろんが、
「だ、だまれ、この、なきむしこじょう！」
フパゲッティをふりたてて、いいました。

それでもみんなは、そーっと、あのこのへやの、まどのしたにいきました。
それから、ちりんさんが、らりろんをふみだいにして、

じょうさんの、せなかのうえに、のぼります。

「どう？　なにか、みえる？」

「ちょっと、まって。……もう、すこし。……あっ、み、みえたわ！」

「なに？　なにが、みえる？」

「あのこ、どうしてる？」

「ほんとに、なきながら、ふくを、きせてもらってる。おかあさんが、やさしく、あのこのせなかをなぜながら、なにかいってる」

「ああ、ぼくも、みたいなあ。……だけど、ぼくは、

くびなんか、ほとんど、ないんだもの。あたまのつぎが、すぐに、からだなんだもの」

じょうさんが、また、なきだしそうになると、らりろんが、にらみつけて、

「じゃあ、おれのくびは、どうなんだ？　ちりんみたいに、くびが、ながくないからといって、おれは、めそめそなんか、しないぞ」

といいました。

「みて、あのこ、ベッドにうつぶせになって、せなかを

ふるわせて、ないてる」

　ちりんさんがいったとき、じょうさんは、とつぜん、あのこが、じぶんのみみで、はなをかんだり、よだれをふいたりしただけではなくて、なんども、なんども、なみだをふいたことがあったのを、おもいだしました。すると、せなかのうえの、ちりんさんが、

「う、うごかないで！　あたし、おちちゃうじゃないの！」

　といいました。じょうさんは、

「ご、ごめん。……ちょっと、からだが、ふるえただけ」

といいました。

「ふん！」

うらやましそうに、まどのほうをみあげながら、ららりろんがいいます。

「おれのたてがみが、フ、フパゲッティだって？　それじゃ、それは、ゆでるまえのフパゲッティだろう？　そうでなくては、こんなに、くしで、とかしたみたいに、きれいに、そろっているはずがないものな」

そしてらりろんは、とつぜん、あのこの、ちいさな〈て〉

を、おもいだしました。らりろんのフパゲッティを、とかしてくれたのは、くしではなくて、いつだって、あのこの、ちいさな〈て〉だったのです。

みんなは、だまっています。やねうらねずみが、

「ね、まってて。ぼく、おもしろいから、もういちど、ようすをみてくるよ！」

といって、えんのしたに、もぐりこんでゆきました。

じょうさんと、ちりんさんと、らりろんは、だまりこんだまま、そーっと、ものおきに、はいってゆきました。

みつかってしまったら、たいへんだからです。せっかくのいえでが、だいなしになってしまうからです。

もののおきのなかは、あのこの、あめのひの、あそびばにもなっていました。さんりんしゃもあれば、もっとちいさかったころに、のってあそんだ、もくばも、おいてありました。あのこの、あまがっぱも、かさも、おいてあります。

「どうしたの？　なにしてるの？」

ちりんさんがきくと、じょうさんが、

「ちょっと、あのこの、ながぐつを、はいてみるだけ。どんなぐあいか、たしかめてみるだけ」

といいました。すると、ちりんさんも、ちいさくなってしまった、かえるのえがついた、ふるいズックぐつを、はいてみました。ズックをはいてあるくと、ぽく、ぽくと、おとがしました。らりろんは、あのこの、むぎわらぼうしを、かぶっています。

それでもみんなは、なんだか、かんがえこんでいるみたいに、むくちなのです。

「ほんとに、いろんなことが、あったね」

とつぜん、じょうさんが、いいました。

「おたんじょうびかいもあったし、クリスマスもあったんだ！　おしょうがつには、あのこ、ぼくに、おぞうにを、たべさせてくれた！　おぞうにの〈ぞう〉って、ぼくのことじゃなくて、おもちのことなんだ。ぞうのはなみたいに、のびるんだ」

　すると、ちりんさんが、

「へんなこと、おもいださせないでよ。あたし、なんだか、なみだがでそうなのに」

といいました。そして、ちりんさんは、なれないズックで、つまづいて、あのこが、すなばであそぶ、バケツのなかに、あたまから、とびこんでゆきました。
「はははっ！　バケツをかぶった、バケちりん！」
らりろんがわらうと、ちりんさんは、
「なによっ、おだまり！　むぎわらぼうしをかぶった、
むぎわらりろん！」
といいました。

それでも、じょうさんは、むくちなままです。
「どうしたの？　なに、かんがえてるの？」
ちりんさんがきくと、じょうさんは、

「きみが、バケちりんで、きみが、むぎわらりろんなら、ぼくは、なんだろうって」

「それで?」

「ぼく、ごむながぞう……」

それっきりでした。

みんなは、さんりんしゃを、おしていって、それをふみだいにして、もくばのせなかに、またがりました。まえのほうから、らりろん、じょうさん、ちりんさんというじゅんばんで、すわったのです。

そしてしばらく、みんなで、ゆらゆらと、ゆめのように、

ゆれていました。このもくばは、むかし、いえのなかにあって、みんなは、あのこといっしょに、なんどもなんども、あそんだのです。

「ねえ、どうぶつえんって、どっちかわかる？」

ちりんさんがきくと、じょうさんが、いまにも、なきだしそうなこえで、

「い、いやになる！　みぎか、ひだりか、まえか、うしろか。……きたか、みなみか、ひがしか、にしか。それさえも、わからない。ぼくたち、いえでをしたばかりなのに、

もう、まいごなんだ。ほ、ほんとに、いやになる！」
といいました。
「みちをさがして、だれにもみつからないように、こっそりと、あるいていくとして、どうぶつえんにつくまでに、なんかげつぐらい、かかるとおもう？　それとも、なんねんも、なんねんも、かかるのかしら？」
ちりんさんのこえも、いまでは、なきそうなこえに、かわっています。

「ち、ちっ！」

といったのは、らりろんでした。

「みんなで、ぶじに、あのどうぶつえんの〈ばいてん〉に、もどることができたとして、それから、どうなるんだ？

おれたちはもう、ぴっかぴかの、〈しんぴん〉なんかじゃ、ないんだぞ。みみで、はなをかまれたり、〈は〉で、はなをかまれたり、くびをつかまれて、ふりまわされたりした、おんぼろなんだぞ。そんなおれたちを、ほしいといってくれる、やさしい、いいこが、はたして、いるだろうか？

それをかんがえただけで、おれは……おれは、がおーっ、がおーっと、ほえたくなるんだ」

それから、らりろんは、てんじょうにむかって、ほんとうに、かなしそうに、

「がおーっ！」

とほえたのです。

「はっ、はっ、は！」
かけもどってきた、やねうらねずみが、もくばの、あたまのうえにとびのって、おもしろそうに、いいました。
「きいて、あの、なきむしこぞうは、まだ、ないてるよ。

どうしたって、ぼくのじょうさんと、ちりんさんと、ぼくのらりろんが、いるんだってさ。それで、こまりきったおかあさんが、かあさんが、かたづけたんじゃない、どこかに、みんな、きえてしまったんだって、なんどもなんども、せつめいするんだけど、あのこは、ぜんぜん、ききわけないんだ。わーわー、ぴいぴい、なきさけんでる。ばかだね。たかが、ぬいぐるみの、どこがそんなに」

といいかけて、ねずみは、はっとしたように、とびあがって、

「ご、ごめん。……きみたちは、ただの、ぬいぐるみ

なんかじゃ、ないものね。いえでをした、りっぱな、ぬいぐるみだものね」

といいました。そして、やねうらねずみは、つづけます。

「で、いまはね、おかあさんが、みんなが、どこかに、きえてしまったんだってことを、あのこにわからせるために、いえじゅうのへやを、みせてあるいているよ」

「それで、あのこ、いまは、どこにいるの？」

いきをつめたようなこえで、じょうさんがききます。

「にかいの、へやにいる。たんすのなかから、つくえのひきだしから、みんなみせてもらってる。このさわぎは、まだまだ、つづくね。ぜったいだよ！」

たのしそうに、ねずみがいうと、らりろんは、ねずみに、ぱっと、むぎわらぼうしをかぶせて、

「あんまり、さわぐな、むぎわらねずみ！」

といいました。

それから、らりろんは、
「たしかに、あのこは、うれしいときにも、おこっているときにも、おれのはなを、かんだ。だけど、それが、

いつだって、そっとなんだよ。まねっこみたいに。らいおんのきょうだいが、きょうだいどうしで、ちょっと、かんでみるみたいに。

……あのこは、らいおんの、きょうだいなのかなあ」

といいました。ちりんさんが、

「あのこは、あたしのくびを、つかんで、ハンマーなげみたいに、ふりまわしたけど、その、あたしのくびに、いつだって、きれいなリボンを、ネクタイみたいに、むすんでくれた」

といいました。ちりんさんの、くびには、いまだって、

きれいな、まっかなリボンが、むすばれています。

じょうさんは、うつむいて、だまっています。あのこの、ながぐつをはいたあしを、ゆらゆら、ゆらゆらと、ゆすっているばかりです。

そのときでした。

「みんな、かえってきてー！」

という、あのこのこえが、きこえたのです。じょうさんと、ちりんさんと、らりろんは、もくばから、とびおりて、ものおきの、いりぐちに、はしりました。

にかいのまどが、ぱっとあいて、そこに、おかあさんにだっこされた、あのこがいました。

「……ひ、ひっく！」

あのこは、まだ、ないていました。

「ひ、ひっく！　ああ、かえってきてよー！　ぼくの、じょうさんと、ぼ、ぼくの、ちりんさんと、らりろん！　かえってきてよー！」

ぬいぐるみたちは、かくれたまま、かたくなって、じっと、たちすくんでいました。あのこはまだ、なきながら、

つづけています。

「ぼ、ぼく、みんなのこと、いつまでも、いつまでも、だいじにするよ。……いじめないよー」

「ほら、ねっ！　ぼくの、いったとおりだろう？　あのこときたら、ほんとに、なきむしこぞうだろ？　ははっ！　ねずみのあかんぼだって、あんなぐあいに、ききわけもなく、ないたりはしないよ。まったく、にんげんのこどもときたら、わがままだからね！」

ねずみが、いいました。

でも、きいているものは、もう、だれもいませんでした。

「いこう！」

「かえろう！」

「いそいで！」

ぬいぐるみたちは、ながぐつも、むぎわらぼうしも、そこらにぬぎすてたまま、げんかんの、ドアにむかって、はしりました。

そうなのです。

いまのうちなら、まだ、まにあうのです。

そっと、あのこのへやにかえって、もとの、じょうさんと、ちりんさんと、らりろんに、もどるのです。ぬいぐるみたちは、そのけっしんを、したのです。

あとには、ぽつんと、やねうらねずみが、たっていました。

「ちえっ、つまんないや！　せっかく、いえでをしたのに、もう、かえっちゃった！　ほんとに、ぬいぐるみときたら、なにをかんがえているんだか、それとも、なんにも、かんがえていないんだか！」

そして、やねうらねずみは、つまらなそうに、ごしごしと、ひげをこすりました。

「わあっ！」

という、よろこびのこえが、ひびいたのは、それから、しばらくしてからのことでした。

「わあっ！　ぼくの、じょうさんだっ！　ちりんさんも、ぼくの、らりろんもいる！　みんな、どこにいたの？　ぼく、さがしたよ！　いえじゅう、さがしたよ！」

でも、もう、ぬいぐるみたちのこえは、きこえませんでした。

だまって、あしをなげだして、あのこのそばに、すわっているのでしょうか？　あのこは、じょうさんのみみで、なみだを、ふいているのでしょうか？　らりろんのフパゲッティは、くしゃくしゃになっていないでしょうか？　ちりんさんは、ながいくびを、あのこにまきつけるようにして、すわっているのでしょうか？

「ちえっ、つまんないよっ！」

やねうらねずみが、いいました。それから、やねうらねずみは、ねずみのぬいぐるみも、あればいいのに、とおもいました。

きいろいドアのある、ちいさないえは、ゆうやみのなかです。

やがて、まどに、ぽっと、あかりがともりました。

じょうさんと、ちりんさんと、らりろんがすむ、ふしぎないえです。

あの、なきむしこぞうが、おとうさんと、おかあさんといっしょにすんでいる、ふしぎないえです。

やねうらねずみも、その、ふしぎないえのやねうらに、だまって、かえってゆきました。

今村葦子（いまむら・あしこ）

熊本県に生まれる。児童文学作家。『ふたつの家のちえ子』（評論社）で、野間児童文芸推奨作品賞、坪田譲治文学賞、芸術選奨文部大臣新人賞を受賞。同作品および『良夫とかな子』『あほうどり』（ともに評論社）で路傍の石幼少年文学賞、『かがりちゃん』（講談社）で野間児童文芸賞、『ぶな森のキッキ』（童心社）で絵本にっぽん大賞、『まつぼっくり公園のふるいブランコ』（理論社）でひろすけ童話賞を受賞。絵本から長編まで作品多数。

酒井駒子（さかい・こまこ）

兵庫県に生まれる。絵本作家。『きつねのかみさま』（ポプラ社）で日本絵本賞、『金曜日の砂糖ちゃん』（偕成社）でブラティスラヴァ世界絵本原画展金牌、『ぼく おかあさんのこと…』（文溪堂）でフランスのPITCHOU賞、『ロンパーちゃんとふうせん』（白泉社）でイタリアのNati per Leggere Italia賞を受賞。絵本に『よるくま』（偕成社）『ビロードのうさぎ』（ブロンズ新社）『まばたき』（岩崎書店）など多数。

なきむしこぞう

作者　今村葦子
画家　酒井駒子
装幀　大島依提亜

発行者　齋藤廣達
編集　芳本律子
発行所　株式会社理論社
〒103-0001　東京都中央区日本橋小伝馬町 9-10
電話　営業 03-6264-8890　編集 03-6264-8891
URL　http://www.rironsha.com

2016年6月初版
2016年6月第1刷発行

本文組　アジュール
印刷・製本　図書印刷
プリンティング・ディレクター　佐野正幸　勝又紀智

ISBN978-4-652-20156-5　NDC913　B5変型判　24cm　62p
落丁・乱丁本はお取り替えいたします。